산다고 애쓰는 사람에게

산다고 애쓰는 사람에게

1판 1쇄 인쇄 2018년 4월 10일
1판 1쇄 발행 2018년 4월 15일

지은이 김재진
발행처 수오서재
발행인 황은희, 장건태
편집 최민화, 마선영
디자인 권미리
마케팅 이종문
제작 제이오
주소 경기도 파주시 회동길 337-16, 302호(10881)
등록 2014년 6월 16일(제396-2014-000115호)
전화 031)955-9790
팩스 031)955-9796
전자우편 info@suobooks.com
홈페이지 www.suobooks.com
ISBN 979-11-87498-27-8 03810 책값은 뒤표지에 있습니다.

이 도서의 국립중앙도서관 출판시도서목록(CIP)은 서지정보유통지원시스템
홈페이지(http://seoji.nl.go.kr)와 국가자료공동목록시스템(http://www.nl.go.kr/kolisnet)에서
이용하실 수 있습니다. (CIP제어번호: CIP2018011050)

도서출판 수오서재守吾書齋는 내 마음의 중심을 지키는 책을 펴냅니다.

산다고

애쓰는
사람에게

김재진 지음

수오서재

이제는 다시 볼 수 없는 내 어머니께

세상의 모든 어머니께 이 책을 바친다.

차례

1부 슬픔이 가는 방향

2부 한밤에 깨어나 너를 듣는다

3부

이별은 그리움을 저장한다

외로운 별에서 네게 쓴 편지

시는 통곡하고 싶은 마음을 감추기 위해 중얼거리는 읊조림 같은 것인가?

어머니 보낸 뒤 책을 낸다.

길고 힘든 날이었지만 마지막은 고요했다. 숨소리 하나 멈춘다는 것이 세상을 이토록 고요하게 할 수 있는 것일까?

살아가는 동안 우리는 무수한 이별을 겪는다. 살아가는 동안 우리는 수없이 슬픔과 아픔으로 눈물 흘린다. 모든 만남은 이별의 시작이며, 모든 이별은 그리움을 저장한다. 그러나 슬픔에 빠져 있기에 생은 너무 짧고, 남아 있는 시간은 많지 않다. 더 이상 세상으로부터 인정받기 위해 낭비할 시간이 내겐 없다. 더 이상 중요한 존재가 되기 위해 낭비할 시간 또한 내겐 없다. 존재한다는 사실만으로도 우리는 저마다 소중하다.

라코타 족 인디언들은 슬픔에 빠진 사람을 신성하게 여긴다고 한다. 깊은 슬픔 속에 커다란 지혜가 들어 있다고 믿기 때문이다. 슬픔과 지혜를 하나로 보는 그들이야말로 시인일지 모른다. 각각의 별에 살며 우리는 저마다의 아픔과 저마다의 슬픔을 겪어서 알고 있다. 각각의 별에 살며 우리는 스스로 넘어야 할 몫의 생을 아프게 경험한다.

슬픔에 빠져 있는 누군가를 보는 순간 그 슬픔을 통해 커다란 지혜가 열리기를 기도한다. 지혜를 통해 슬픔을 이겨나갈 힘이 생길 수 있다면 얼마나 좋을까. 슬픔에 다친 나를, 그런 당신을 위안하고 격려한다. 따뜻한 손 내밀어 어깨 위로 얹으며 힘내라고 말한다. 사랑한다고 말한다.

김재진

1부

슬픔이
가는 방향

햇빛 시

햇볕에 발 내민 채 시를 쓴다.

내 시,

덥혀지는 발만큼 따뜻할 수 있을까?

우네

우네. 너를 보내고 우네.
우네. 기다려도 오지 않을 것들을
그래도 기다릴 수밖에 없어 우네.
사랑받기 위해 사람들은 사랑을 앓는데
우네. 갈수록 재미없는 삶이
더 재미없어질까 두려워서 우네.
돌아보면 아무것도 남아 있지 않는
시간의 가속도에 손가락 베며
우네. 네 안에 나 없어도
내 안에 네가 있어 우네.

사랑하는 거 알지?

내가 네 곁에 있는 거 알지?
베란다에 내어놓은 카랑코에 화분이
햇살에 꽃 피우듯
내가 너 사랑하는 거 알지?
알면 눈 좀 떠봐.
손가락 하나 까딱할 수 없이
누워 있는 병상에서
내가 너, 기다리는 거 알지?
너 깨어날 때까지 이대로
기다리고 있을 거라는 거 알지?
지붕 위의 눈이 녹아
유리창이 주르르, 눈물 흘린다.
네가 너 사랑하는 거 알지?
손목 위의 맥박이 희미하게 뛰고
마음의 눈금 하나 까딱거린다.

지우개

엄마의 세계가 사라지고 있다.

골목길이 사라지고

숟가락이 사라지고

마침내 자식들이 사라졌다.

꽃은 여전히 화분에 담겨 미소 짓고 있는데

한 사람의 생이

지우개도 없이 지워지고 있다.

창

누가 창문 좀 열어줄 수 없겠소
나 좀 하늘로 갈 수 있도록.
노모는 애원한다.
누가 나를 침대에서 내려줄 수 없겠소
내 발로 걸어볼 수 있도록.
3년째 사용하고 있는
의료용 침대의 임대료를 입금하며 나는
노모의 애원을 모른 척한다.
쓸모없게 된 휠체어를
대여점으로 반환해야 되나 마나를 고민하며
살면서 이제껏
창문 하나 내지 못한 마음 위로
소리 죽여 가만히 못을 박는다.

한 방울

아무것도 넘기지 못하는
노모의 입 속으로
물 한 방울 떠 넣으려 숟가락 쥐고 있다.
인생의 용량이 그만
물 한 티스푼으로 바뀌었구나.
바람 불고 낙엽 지고 그동안에
눈도 내렸다.
웅달의 잔설은 사라지고 없어라.
봄은 또 들판에
파릇한 희망 하나 심어놓고 가겠지.
한 방울 물에도 사래 걸리는
산다는 건 모든 것이 혹독하구나.

미안하다

미안하다 아들아, 오래 누워 있어서.
얼른 가지 못해 정말 미안하구나.
바깥엔 몇 번이나 계절이 지나가고
알아듣기 힘든 발음으로 어머니는
입술을 움직인다.
봄이 와도 미안하구나. 가을이 와도 미안하구나.
계절 바뀌는 것도 송구하다며
안 가고 오래 살아 죄인 같다며
떨어지는 꽃잎처럼 물기 다 빠진
입술 달싹거려 사죄한다.
어머니 가시던 날, 내리던 비 그치고
화장터 가는 차 속에서 바깥을 내다보며
꽃에게 미안하다. 풀에게 미안하다.
미안하다. 산다는 건 알고 보니 미안한 일이구나.

사랑해요

누워 있는 엄마의 귀에 대고 하는 말
사랑해요.
알아들었으면 눈 깜빡해보세요.
알아듣긴 해도 이제
머릿속 생각을 말로 옮길 수 없는
망가진 기억에게 하는 말
사랑해요.
아, 사랑은
눈 한 번 깜빡거려 마음을 만지는 일이구나.
사랑해요.
꽃 피는 별을 향해 나도
눈 깜빡거려본다.

재회

울지 마라 눈물은 모르는 사람들의 것
바람이 떠난다고 나무가 우는 것을 봤나.
가는 곳을 아는 이는 울지 않으니
울음은 오직
남은 이의 마음에 눕는 풀잎 같은 것.
바람이 불어 풀이 눕는지
풀이 누워 바람이 부는지
그대 만약 가는 곳 어디인지 알고 싶다면
깜깜한 밤,
상수리 나무 위로 총총한 별을 보라.
울지 마라 눈물은 결코 아는 이의 것이 아니니
그래도 기어코 눈물 흘러 젖어야 한다면
그 눈물,
대하大河의 물 한 방울처럼 소리 없게 하라.
헌 옷 벗어 개켜놓고
헌 신 벗어 댓돌 위에 새 신처럼 벗어놓고
그렇게 간다 우리는.
그렇게 갔다가 다시 만난다.

부재중

부재도 진행되는 것일까?

그렇다면

앞으로 나아가는 중일까, 뒤로 물러나는 중일까?

엄마, 라고 저장해놓은 전화번호를 지우며

부재중 전화가 없는지 통화 기록을 본다.

아 참, 그곳은 아직 폰이 안 되지.

어리석은 깨달음처럼 스스로를 속이며

나는 통화 중이고

엄마는 지금 49재 중이다.

국밥

한 사람이 가고 국밥을 먹는다.

또 한 사람이 가고 또 국밥을 먹는다.

생과 사가

국그릇 위에 걸쳐놓은 숟가락처럼

어중간하게 갈리고

댓글 다는 그 사이에 문장이 바뀐다.

국밥처럼 삼키고 만 뭉클한 문체

죽음을 불멸이라 오독하며 나는

사는 것과 죽는 것의 경계를

문장과 문장 사이의 말줄임표로 읽는다.

* 8남매의 맏딸인 어머니 돌아가신 뒤, 49재가 막 끝나자마자
8남매의 막내인 이모가 기다렸다는 듯 따라가셨다.
병명은 루게릭병, 죽음엔 순서가 없다.

안녕

그렇게 우리는 죽으러 갔다.
새들이 숲으로 가듯
나무를 스치는 바람소리 들으며
가을과 겨울이 몸을 바꾸듯
상수리 나무에 걸린 별이 여명 속에 사라지듯
순환하는 시간 속으로 미끄러져 갔다.
북극성이 빛나고
지구가 공전하고
고라니의 송곳니가 뿔처럼 자랄 때
풀 위의 여치가 흔적 없이 사라지듯
사이렌 소린 내지 말아 주세요, 그 한 마디 건네며
구겨지듯 구급차에 앉아
울지도 않고
다음 생의 문을 향해 미끄러져 갔다.

솔방울 하나

어머니 뿌린 자리 위로 솔방울 하나 얹는다.
가볍구나.
손바닥에 묻은 재는 따뜻하였지.
빠져나간 체온같이 싸늘한 달도 하나
하늘에 떴다.
오늘은 꿈도 없이 자야겠구나.
꿈에서 어머니가 찾아와도 그대로 자야겠구나.
머리맡에 놓아둔 걸레가 꽁꽁 얼던
함께 살던 옛집 떠올리며
머리까지 이불을 뒤집어써야겠구나.

슬픔이 가는 방향

우리는 왜 누에처럼, 달팽이처럼
그렇게 먹고 살 수 없을까?
우리는 왜 새처럼 나비처럼
그렇게 살다 갈 수 없을까?
어디서 자다 나온 건지
세수 한 번 안 해도 말짱하게
창공을 건너와 지저귀는 새들
어디서 자다 나온 건지
공중 화장실 수도 꼭지 열어놓고
세수하는 노숙자
어디서 자다 나온 건지 나는 가끔
간밤의 안식처를 잊어버린다.
나는 가끔 내 인생의 방향을 잊어버린다.
전화기 손에 들고 전화기를 찾듯
생의 끝에서 생을 찾는다.
우리는 왜 죽음 없이 살아갈 수 없을까?
우리는 왜 아무것도
바라는 것 없이 살 수는 없을까?
슬픔 없이 우리는 왜 존재할 수 없을까?

바람의 말馬

바람 불면 나 온 줄 알아라.
천둥 치면 나 온 줄 알아라.
깃발에 적어놓은 경전 날리듯
바람에 나부껴 먼 길 가는
말발굽 소리 들리면 나 온 줄 알아라.
경經이 빠트려놓은 삶의 진언眞言 씹으며
눈보라 치면 나 온 줄 알아라.
우박 쏟아지면 나 온 줄 알아라.
안장도 없는 말 등에 올라앉아
눈보다 하얗게 불어오는
그리움 커지면 나 온 줄 알아라.
비비추 올라오는 어린 봄날에
꽃 피면 나 온 줄 알아라.
꽃 지면 나 온 줄 알아라.

* 티베트에 가면 쉽게 볼 수 있는 룽다는 경經이 적힌 오색깃발로,
바람의 말이라는 뜻을 가지고 있다.
경전의 말씀이 바람에 날려 온 세상으로 퍼지는 것을 상징한다.

남은 생

며느리를 어머니라 부르며
하루에도 몇 번씩 기저귀 갈아 차는
백발의 인생에게 남은 것은 무엇인가?
자식에게 버림받고
뙤약볕에 앉아 졸고 있는
가랑잎 같은 무게
어디로 날려갈지 알 길 없는
태풍 전의 고요처럼
남은 생은 없는 생이다.
없어서 가난한 게 아니라
없는 듯 많아 가난한
잉여의 시간이다.
머릿속 모든 것 다 지워버린 채
있는 듯 없는 듯, 어디에도 없는
남은 생은
있으면서 없는 증발의 시간이다.

독거노인 P씨

푸른 곰팡이와 같이 세든 방
다리를 뻗지 못해
접어놓은 우산인 양 밤을 맞던
그 방에서 그이는
가셨다.
상주라곤 멀리 있는 조카 하나
오지 않는 그를 노인이
기다린 적은 없다.
고독은 독이 적어 치명적이지 않으니
고독사는 고독해서 가는 죽음이 아니다.
고독사는 희망 없이 가는 먼 길일 뿐
무심한 나는
그이가 떠난 줄 한동안 몰랐다.

산다고 애쓰는 사람에게

애썼다.

봄이 오면 나무들에게 그렇게 말해야지.

애썼다.

꽃이 피면 꽃들에게 그렇게 말해야지.

고맙다. 사느라 얼마나 힘들었니.

얼마나 힘들었으면 날 버리고 갔겠니.

애썼다. 수고했다.

세상 떠나는 날

찾아오는 사람들에게 그렇게 말해야지.

설날 연휴

누나와 저녁을 함께하며
이번 연휴는
간병인 안 온다고 걱정할 일 없어 좋네.
서로를 마주 보다 우리는
어머니 생각 대신 수저를 움직인다.
급하게 먹지 말고 꼭꼭 씹어 먹어라.
어머니가 한 소린지
누나 소린지
숟가락 들다 말고 나는 한동안
창밖을 내다본다.

감기

기침과 신열 속에 글을 쓴다.
한 번씩 왜 쓰느냐고 묻는다.
한 번씩 왜 사느냐고 묻는다.
인생의 목표를 가지라고 말하면서도
인생의 목표대로 살아본 적이 없다.
걸리는 것 없이 살아야 된다고 가르치면서도
걸려서 넘어진 적이 너무 많다.
발전기도 없는 몸속에 깃들어
열을 내는 이 존재는 무엇인가?
무엇이 나 대신 나라고 말하며
만나고, 헤어지고, 눈물 흘리는가?
스피커도 없는 몸속에 숨어
힘을 다해 기침하는 이는 누구인가?
감기가 왔다고 하는데 어디서 왔단 말인가?
어디서 왔다가 어디로 갈 것인가?

누구도 혼자가 아니다

각각의 별에 살며 우리는
각각의 슬픔과 각각의 기쁨과
각각의 우주를 유영한다.
혼자 있으면서도 우리는 문득
멀리 있는 누군가를 생각한다.
혼자 있으면서도 우리는 문득
누군가의 손길 하나 느낀다.
그리워할 시간도 많이 남진 않았어요.
사랑합니다.
멀리 있는 누군가가 문자를 보내온다.
사랑한다는 말은 언제나
닫힌 창 하나를 열어놓는다.
아득한 밤하늘의 별을 찾듯
수많은 이름 중에 따뜻한 이름 하나 찾게 한다.
당신이 무엇이건 당신은 그것보다 큰 존재다.
당신이 무엇이건 당신은 그것보다
약하지 않다.
단지 그것을 깨달을 수만 있다면
그것만으로 당신과 나는
충분하다.

여전히 숨 쉴 수 있는 자유와
누군가를 말없이 생각할 수 있는 자유
가진 것 하나 없어도 나는 이런 나를 받아들인다.
힘들어 주저앉아도 나는 이런 나를
사랑하고 격려한다.

그 봄이 두고 간 이별에 대한 이야기

한 줄의 문자, 한 줄의 눈물에도
가슴 조인다.
꽃 필 때는 숨을 죽이라고
사랑할 땐 사랑을 조심하고
이별할 땐 다만 헤어질 뿐
이별이라 하지는 말라고
숨 죽인 봄이 꽃에게 말한다.
봄이 두고 간 프리지어 묶음을
벽 위에 매다는 날
매달린 사람처럼 불안한 마음을
괜찮다, 괜찮다고 어루만지는 날
헤어져도 괜찮다.
이제 더 만날 수 없어도 괜찮다.
만날 수 없을 뿐
다시는 볼 수 없다 말하진 말자.
슬픈 문장이나 슬픈 생각은
떠올리지 말자.
압정으로 꽂아놓은 꽃묶음처럼
산다는 것은
물기 빠져 사막같이 메말라 가도
아름답던 한순간을 지키고 견디는 일

살아 있는 모든 것은 상실을 예비하니

괜찮다, 헤어져도 괜찮다.

내 곁을 떠나 멀리 가도

아프지만 않다면 괜찮다.

사랑이라 부르는 것들

네 심장이 쿵, 하고 소리를 낼 때마다
내 심장도 쿵, 하고 소리를 낸다.
세상의 모든 심장이 일시에 멈춘다면
멈추어서 한꺼번에 세상을 떠난다면
다시는 이 별에 오지 않겠다며
누워서 너는 내게 문자를 보내오고
잠결에 깨어나 나는 그 문자를 지운다.
다시는 네게로 돌아가지 않을 것이다.
다시는 아픔에 베이지 않을 것이다.
다시는 어둠 속에 앉아
말라가는 꽃들을 보지 않을 것이다.
내 심장을 뛰게 하는 붉은 피와
네 심장을 돌아가는 더 붉은 피가 섞여
다시는 비탄의 강이 되게 하지 않을 것이다.
밤의 고요와 새벽의 고요가 소리가 다르듯
격정의 신음과 분노의 신음이 색깔이 다르듯
상황마다 눈물의 결정체가 모양이 다르듯
다르기 때문에 하나뿐인
다시는 번민에 속지 않을 것이다.

달의 양귀비

외계인을 만났다.
당신이 믿거나 말거나
양귀비꽃 만발한 허공을 가로질러
푸른 달 뒤편에서
떠난 사람들을 만났다.
빛이 된 남자와
공기가 된 여인들 사이로 명왕성이 빛나고
이제 그만 깨어나라, 깨어나라 흔들어대는
별들의 부딪침에 유리창이 깨어졌다.
지구가 오래가진 않을 것이다.
네가 있는 별과 내가 있는 별 사이의
알 수 없는 거리도
오래가진 않을 것이다.
우리를 묶어놓는
그 무엇도 오래가진 않을 것이다.
어리석은 이들만이
사랑 같은 것이 영원할 것이라고 믿는다.

나무가 꾸는 꿈

삶이란
나무와 숲이 꿈꾸는 것이라고 말해야 하나.
강철로 된 피아노의 현이 나비같이 소리를 내듯
짧을수록 고음을 내는 현처럼
짧게 살다 떠난 이가 남기고 간 유언을
높아서 못다 부른 노래라고 말해야 하나.
눌러 쓴 유서처럼 흰 눈 밟으며
고라니 한 마리 남기고 간 발자국을
선명한 이별이라 말해야 하나.
여든여덟개의 건반을 온몸으로 두드리며
검고 하얀 음계를 순서 없이 밟고 간
죽음은 잘못 누른 건반 같다.
잘못 든 길에 서서 우두커니 바라보는
먼 산의 별 같다.
그렇다면 삶이란 대체 무엇이라 말해야 하나.
움츠린 마음 위로 야크 한 마리 지나간다.
거친 입김 내뿜으며 걷고 있는 저 소처럼
마음도 하얗게 입김을 뿜는다.
춥고 바람 드센 고산高山에서 자란 나무가
아름다운 소리를 내는 명기가 되듯

삶이란 꿈 속에서 꿈을 꾸는 과정이니
나무가 꾸는 꿈은 야크 따라
거친 입김 내뿜으며 봉우리를 오른다.

* 야크: 히말라야를 비롯한 고산에 사는 소.

론리 플래닛

마니따야, 네가 자라는 동안 나는 이렇게 늙었구나.
늙는 것이 어찌 사람만의 일이겠느냐.
늙는 것이 우주의 일이라 써놓은
제목에 끌려 펼쳐본 책 속엔
110세 나이에 염소처럼 산을 탔다는 마누엘 라몬과
104세에도 여전히 처녀라고 주장했던 미카엘라 케사다의
참말 같은 거짓말이 실려 있다.
안 죽고 오래 살고 싶어서 그들은 거짓말을 했던 것일까?
늙는 것이 우주의 일이라고 말하는
책 위로 눈 내리고
그 눈을 맞으며 나는 마음에 설산을 세운다.
안나푸르나와 안데스와 마차푸차레 꼭대기에 덮여 있던 만년설
만년 동안 녹지 않은 차가운 순결을 만지작거리며
마니따야, 몇 개씩 봉우리를 넘어 학교에 가던
너의 등교 길을 생각한다.
그 등교 길에 놓여 있던 아득한 돌계단을 생각하고
장수하는 동물이라 손에 꼽은 박쥐와 홍학과 대양백합조개와
북극고래를 생각한다.

마니따야, 시간은 흘러 삐걱대는 관절이 나를 다시
힘들게 네 앞에 세워놓는다 해도
내 입술로 소리 내는 하모니카는 노래하고
만년설은 빛나고 다 자란 너는 이제 봉우리 넘고 넘어
학교로 가기 위해 내 손을 잡진 않겠지.

* 《늙는다는 건 우주의 일》은 조너선 실버타운이 늙음에 대해 쓴 책이며, 마니따는 오래전 안나푸르나 산행에서 묵었던 게스트하우스 '론리 플래닛'에 살고 있던 꼬마.

새들은 어디서 꿈꾸는가

어디서 꿈꾸고 새들은 나오는가?
아파트 한 채 없이 어디서 어둠을 견디는가?
슬픈 노래는 부르지 말자 새에게 부끄러우니
화려한 글은 쓰지 말자 세상이 명품 같다 착각할 수 있으니.
유식한 책도 읽지 말자 모르면서 아는 듯 우쭐댈 수 있으니.
살아갈수록 모르는 것 더 많아지는
새벽에 깨면 눈앞을 채우는 어둠이
어둠이 아니라 먼 길 같다.
밤새 한 바퀴 지구를 돌아
내 앞에 남은 생을 펼쳐놓을 빛이여,
그쪽 소식은 어떠한가?
누구를 향해 총알을 장전하며
누구를 위해 노래를 부르던가?
처음부터 우리가 걷던 길은 내리막이었다.
탄생과 소멸과, 희망과 절망
슬픔과 기쁨과, 배움과 무지 사이
힘들어서 더 멀리 가는 내리막길을
나보다 빠른 속도로 통과하는
참새여, 꽃이여, 기어가는 개미여
나는 아직 우리가 가는 곳을 알지 못한다.

완성

탁자에
꽃 한 송이 놓아두는 것으로써
봄을 완성한다.
견딜 수 없는 것을 견딤으로써
오늘은 완성될까?
떨어져 바닥에 누움으로써
생애를 완성하는 꽃잎처럼
용서할 수 없는 누군가를
용서함으로써 우리는 삶을 완성한다.

2부

한밤에 깨어나
너를 듣는다

인생

비번秘番도 없이 나는 네게 읽힌다.
통과의례 무시한 채 살아온 한철이여,
비밀번호도 없이 나는 생에게
읽히고 버려진다.

밤비

빗소리가 말을 건다 자박자박.
마음속 깊은 숲에서 누가 걸어 나온다.
마당을 돌듯 지구가 한 바퀴
자전한다.
젖어 있는 대지 바깥으로
병들고 낡은 몸 하나 떠내려간다.
발코니에 놓여 있는 화분의 꽃들이
소리만 듣고서도 젖어버린다.

꽃의 영혼

새의 심장에 귀 대어본다.
흙 속에 묻어둔
한 줌 씨앗에 말 걸어본다.
노래하는 지하수에 뿌리 내린 채
별들의 영혼에 마음 씻는다.
꽃 피는 저녁,
필수록 지는 것이 더 많아진다.

밤에

밤에 연필그림을 그린다.
밤에 네가 부르던 노랫소리 듣는다.
밤에 이쪽 별에서 저쪽 별로
놀러 간다.
유성 떨어지는 소리에 마음 설레며
불 끄지 않은 별을 향해 문자한다.
잘 계시죠?
늘, 잘 있긴 해요.

Being

삶은 절망인가 희망인가?
삶은 고독인가 충만인가?
삶은 있음인가 없음인가?
나는, 아니면 당신은
존재하는 중인가 소멸하는 중인가?
꿈에 말도 안 통하는 중국 땅에서 길을 잃었다.
만주에서 여기까지
해방된 조국 찾아
내 젊은 아비가 헤쳐왔던 먼 길
요양원에 누워 노인은
오지 않는 누군가를 기다리지만
오는 이는 없다.
바빠서 아무도 오는 이가 없다.
나는 정말 존재하는가 아닌가?
나는 내 생각인가 아니면
내가 꾸는 꿈인가?

붉은 꽃

밤새 기차가 달렸다.
이층 침대에 따라 눕던 대륙의 밤이
덜커덩거리는 중국어로 말 걸어온다.
하오 하오,
자다가 일어나 내다보면
사막 위로 서리가 앉는다.
선선, 미아, 하미, 려우엔
싸늘한 유리창 위로 손가락 흘려
버리고 온 지명들을 점자點字로 읽으면
손바닥 가득 물방울이 돋는다.
8월이면 홍유紅柳의 붉은 꽃 피고
9월이면 하얗게 목화 열리는
사막의 긴 밤이 얼어붙는다.
선명한 외로움이 창가에 달라붙고
수평의 잠 속으로 걸어 들어가는
나는 내 삶의 객지였다.
허공에 홍등 하나 켜져 있는 객지.
스스로 변방이 된 은자隱者처럼
아무것도 버리지 못하면서 너무 오래
집을 버렸다.

막장

불 좀 끄라고 따라다니면서 스위치 눌러대도
아이들은 들은 척도 안 한다.
저들이 누리는 풍요에 나는 뭘 보탠 것일까?
위성에서 보면 한반도 북쪽은 암흑인데
깜깜한 그 속에서 누가 내게
호롱불 켰다 껐다 신호 보내는 것 같다.
귀뚜라미 소리같이 가느다란 음성으로 누가 내게
절박한 모스 부호 보내오는 것 같다.
어쩌면 그 신호는
해방된 조국 향해 걸어오던
내 젊은 아버지가 보내던 신호일지 모른다.
만주벌판 가로질러 반도의 남쪽까지
걸어 걸어 내려오던 한 때의 봉두난발
가랑잎 같은 머리카락 위로 떨어지던 별빛일지 모른다.
역사의 굴곡 속에 얼굴 감춘 채
매국의 자손들이 득세하는 세상
마적 떼 피해 건던 아버지는 지금 어딜 가고 계실까.
어린 내 뒤를 따라다니며 스위치 끄던
서른 살 아버지는 지금 어디서
눈물 같은 바람소리 듣고 계실까.

세상의 막장에서 핵은 터지고
위성에서 내려다보면 불빛 화사한
남쪽은 아무도 스위치를 끄지 않는데.

* 일제시대 동경에서 고학하며 무술을 익혔던 선친은 일본인 몇을 때려눕힌 뒤 만주로 탈출한다. 해방이 되고, 고향인 대구까지 걸어서 귀국했던 선친은 그 시절 이야기를 내게 녹음으로 남긴 뒤 세상을 떠나셨다.

아함경

윤회와 열반 사이 너를 묻는다.
경經이란 속절없고
내 앞에 놓인 생은 지루하여라.
눈 감고 숨 쉬는 사람은 누구인가?
눈 뜨고 숨 막히는 사람 또 누구인가?
가다 가다 되돌아봐도 그 자리에 있는
청산은 누구인가?
흘러가도 줄지 않는 강물은 또 누구인가?
마음이 외출 가고 아함경을 읽는 밤
어디에도 있지만 나는 어디에도 없다.
어디에도 있지만 너는 어디에도 없다.
알타이 산맥과 곤륜산맥 사이
노랑턱멧새와 붉은뺨멧새 사이
살아 있는 모든 것이 소멸을 향해 가는 그 사이
다시 태어나고 싶지 않다 나는.
생명 있는 어떤 것으로도 다시 오고 싶지 않다.
경經이란 하염없고
두메양귀비와 용담 사이에 너를 묻는다.
바람과 들꽃 사이 너를 묻고
울지 않는 나는
어디에도 있지만 어디에도 없다.

시간이 가면

시간이 가면 꽃이 필 것이다.
푸른 들을 감춰놓은 눈이 녹고
나무가 자랄 것이다.
수명 다한 옷을 벗은 영혼이
중력을 벗어나고
무심한 잎들이 피어날 것이다.
시간이 가면
나무의 나이테에 슬픔이 새겨질 것이다.
꺾인 달이 둥글어지고
만났던 사람들이 헤어질 것이다.
모든 만남의 끝이
모든 헤어짐의 모서리에 부딪치며
쨍그랑, 쨍그랑 소리를 낼 것이다.
시간이 가면
잊혀진다 믿은 것들 발효되어
곰삭은 젓갈처럼 맛을 낼 것이다.

피아노

그는 내게 다가와
이제 여행을 떠날 때가 되었다고 말한다.
여행이란 피아노를 치는 것과 같아서
검은 건반과 흰 건반이 번갈아 가며 소리를 내듯
구두와 대지가 만나 스탭을 밟고
기다림과 낯설음이 만나
나무 한 그루를 만드는 것이라고 말한다.
삐거덕거리는 나무 계단을 내려가는 시간이
단조로 바뀐 삶을 음표로 옮기고
그는 내게 다가와
연명치료 같은 별에서의 삶을
그만 거부하라고 가르친다.
모든 가르침에 숨어 있는 위태로운 지혜와
모든 떠나감에 숨어 있는 슬프지 않은 슬픔과
모든 행성에 깃들어 있는 환희와 비탄의 원자와
주기율표에 나오지 않는
오래된 상처의 원소 사이로
반짝거리지만 별은 보이지 않는다.
소유와 상실, 기쁨과 분노, 비난과 찬탄은
우리를 머물게 놓아두지 않는다.
허무와 희망, 좌절과 성취, 고립과 소외는
우리를 이대로 놓아두지 않는다.

그는 내게 다가와
모든 것 내려놓고 떠나라고 말한다.
고통은 우리를 변화시키는 힘이라고 말하며
머무르지 말라 조언한다.
꽃이 피고
담장 밖으로 손 내미는 식물의 봄이
영혼의 체관마다 향기를 지를 것이다.

안나푸르나의 별

네게 별을 보여주겠다던 그 약속을 잊지 않고 있어.
세월이 가고 내 머리카락이
빛나는 히말라야의 만년설 같은 은발이 될 때
그 머리카락 한 올, 한 올을 빗겨주겠다던
네 약속을 잊지 않고 있어.
바람이 불고, 세찬 눈보라처럼 꽃잎 떨어질 때
떨어진 그 꽃잎을 내 발등 위로 흩뿌리겠다던
그 약속을 잊지 않고 있어.
사랑했다는 말은 하지 않을게.
잊을 수 없다는 말도 하지 않을게.
우리가 세상에 와서 했던 말 다 떠올릴 수 없어도
은하수 아래 앉아 어둠을 만지던
세월의 손가락들을 기억할 거야.

마지막 사랑

귀 기울여봐, 물 흐르는 소리가 들리지 않니?
숲속 샘물이 찰랑거리며 별들과 주고받는
노랫소리가 들리지 않니?
꽃들의 뿌리가 길어 올린 육각수가
목마른 새의 부리를 적셔놓는
반짝이는 저 소리가 들리지 않니?
외로운 행성에서 내가 보내던
수신인 없는 그 편지는 어디쯤 가고 있니?
가난한 심장과 맑은 눈물,
따뜻한 기억과 푸른 이별 사이로
뒷모습 남겨두던 가을은 어디 있니?
봄은 또 어디서 꽃들의 가슴을 깨우고 있니?
내가 네게 기대고, 네가 내게 기대던
별에서의 기억은 꿈이었구나.
꿈속에서 또 꿈을 꾸며 우리는
깨어 있자, 깨어 있자 말하는구나.
잠들지 말라, 잠들지 말라 말하면서 더 깊은 잠 속으로
녹아내린 만년설처럼 떠내려가는구나.

그리움이 톡톡거린다

달과 나 사이
그대와 별 사이의 거리를
무엇이라 부르나?
입술에 눈물이 닿는 그 짧은 사이
너는 과거에 있고, 나는 지금 여기
별에 누워 지나간 날 돌아본다.
삶은 짧구나.
그리움은 그보다 더 짧아
한 줄의 문자로 내게 오는구나.
너 잊지 못해
오래된 핸드폰을 그대로 쓰는
그리움은 액정 위
한 줄 문장으로 톡톡거린다.

간드룽의 별

별에서 또 다른 별을 생각한다.
안나푸르나 산마을 간드룽에서
건너편 마을 란드룽을 바라보듯
깜깜한 별을 보며 누군가를 떠올린다.
어디에도 없지만 너는
내가 보는 별 속에 있다.
어디에도 없지만 사랑은
별을 보는 내 눈 속에 있다.

단식

손가락 구부렸다 튕겨본다.
어디까지 갈 것인지 온몸 구부렸다 밀어내며
자벌레 한 마리 기어간다.
조금씩 가벼워진 연둣빛 아래 서면
나는 너무 무거운 것 아닐까.
필생의 의지로 단식을 결심하는
목숨은 너무 무거운 것 아닐까.
도롱뇽과 패랭이의 경전
산나물과 생강꽃의 한숨 위로 밑줄 그으며
물러서지 않는 신념 하나 각을 세운다.
어제 내가 먹던 한 숟갈 밥은
나만의 것이 아니다.
식도를 지나 위까지 기어가는
느릿한 자벌레는 혼자 가는 것이 아니다.
내 안에 깃들어 사는 수많은 생명
거룩한 밥상을 함께 받으며
기어가는 자벌레는 연둣빛 우주다.
풀빛 식단을 들판 위로 펼치며
아픔이 너무 깊어 빠질 것 같은
푸른 하늘은
내 안에 열려 있는 도롱뇽의 우주다.

불멸의 나

시간이 거꾸로 흘러간다면 어떻게 될까?
낮은 곳에서 높은 곳으로
강물도 거꾸로 흘러간다면 어떻게 될까?
수직으로 서 있는 저 나무들이
하늘에 뿌리박고 자란다면 어떻게 될까?
줄어드는 것도 없고, 늘어나는 것도 없고
죽는 것도 없고, 사는 것도 없고
더러운 것도 없고, 깨끗한 것도 없는
다만 무량할 뿐인 시간 속에
세상의 모든 바닥을 자로 재며 가고 있는
자벌레의 자 따라 삶이 늘어난다면 어떻게 될까?
내가 짓는 생각만큼 우주가 확장된다면 어떻게 될까?
나의 자벌레가 재어놓은 모든 바닥과
너의 자벌레가 재어놓은 모든 바닥이
하나의 바다로 만나 파도로 솟구칠 때
나는 더 이상 내가 아니다.
내가 알고 있던 나는
내 생각이 그어놓은 비좁은 한계일 뿐
나는 우주를 진동하는 끝없는 파동
주파수 넘어 교신하는 역동의 모스 부호
역류하며 치솟는 물고기처럼 나는
내 인생을 거슬러 뛰어오르는 불멸의 연어다.

유목

초원에 불 꺼지면
하늘 가득 화살이 쏟아진다.
마음에 활을 메고
몽골 여인 치치크마의 노래를 듣는 밤
생은 아무것도 문자로 저장되지 않는다.
지평선 끝마다 별들이 꽂히고
바람소리에 씻겨 더 이상 도망갈 곳이 없다.
말안장에 얹혀 달은
전사戰士의 어깨 넘어 기울어 가고
몰락하는 빛 속으로 강이 흐른다.
우리아스타이 강가를 물들이는
초록으로 번지며 새들은
불임의 언어들을 쏟아낸다.
몇 점의 무기와 마구馬具
아무리 되씹어도 지울 수 없는 것들 묶어
경전 속에 가둔다.
도망도 사무치면 경經이 되는가?
붉은 가사 입은 라마승의 환생이여
감출 수 없는 저 언어의 무정란無精卵들
내 마음의 극지極地
말 위에 앉아 사내들은 오르틴도를 부른다.

더 이상 나아갈 수 없는 사람들이
정착을 꿈꾸며 집을 얻고
먼 길 가는 낙타처럼 나는
내생來生의 타클라마칸을 일으켜 집을 떠난다.

* 오르틴도: 몽골의 전통 가곡長歌

깔링

경계가 올 때 그대는 어떻게 하는가.
멕시코와 미합중국의 경계
차이나와 노스코리아의 경계
디지털과 아날로그의 경계에서
라디오가 운다.
수목분계선 넘어
지지직거리고 있는 저 방해전파의 이명耳鳴
창포강가에선 영원히 이동전화가 불통이다.
경계 밖을 지키고 있는 저 독수리, 독수리, 독수리
세상의 지붕 위에 퍼질러 앉아 나는
대퇴부 하단을 발라내어 뼈피리를 만든다.
내 유랑의 검劍은 칫솔처럼 부드럽고
동라銅鑼 소리로 울며 전생은 경계 밖을 헤맨다.
경계가 올 때 그대는 정말 어떻게 하는가.
고원을 울고 있는 대평소 소리
서장西藏의 장의사는 한 칼 하는 사람이다.
내장을 발라내고 뼈를 도륙 내는 바람이, 칼바람이
고원을 넘어 몇 날 며칠 초원을 싸지르며
울란바토르까지 기어간다.
한때 내가 어머니로 섬기던 여인은
금생今生의 피리 되어 물가를 떠도는데
휴, 휴 소리 내며 고원을 넘는

한때 나는 시인이었고

이제 나는 한 마리 나귀 되어 길 위에 있다.

길에 서서 길을 묻는 사람이여,

삼계三界가 다 감옥인데

벽 속에 앉아 태평소로 미소 지을 수 있는가?

* 깔링은 사람의 뼈로 만든 티베트 피리. 천장天葬을 하는 그곳에선
  시신의 살을 발라내어 독수리에게 주는데,
  몰려든 독수리들은 장의사가 살을 다 발라낼 때까지 경계선 밖에서 기다린다.

회귀

나는 완료되지 않았다. 꿈속에서 누가 다리를 건너고
까마득한 시공 지나 별들이 태어났다.
나를 빠져나온 내가 허공에 뜬 채
벗어놓은 몸뚱이를 물끄러미 보는 동안
맨드라미는 지고
열차는 어느새 궤도를 이탈했다.
누가 허공에 뿌려놓은 탄식 사이로
달빛 속의 지난 생이 부표처럼 떠 있다.
나는 지금 금생의 나를 추억하고 있다.
헐떡이는 그래프와 서늘한 포르말린
임종을 선언하는 의사의 지시 따라
나는 곧 길 떠날 것이다.
발 빠른 죽음에 쫓겨 갈 길은 먼데
내 맘 속의 수미산은 언제 갈 수 있을까?
가파른 눈길 위로 오체투지하며
내 인생의 산들을 언제 순례할 수 있을까?
아무것도 완료된 것은 없다.
내일보다 먼저 온 다음 생 바라보며
나는 나를 유체이탈 하는데
집착이 자석 같아 벗어나지 못한다.

수련睡蓮

연蓮들이 좌복座服을 깐다
연잎이 펼쳐놓는 커다란 법석
물방개 한 마리 좌복을 밟고
가벼운 몸 움직여 행선行禪한다.
생각이 무거워 몸 잠기는
나는 어디에도 닿을 수가 없다.
말머리 거꾸로 돌린 배은背恩의 회군回軍처럼
진리 앞에 서면 나는 늘 회군한다.
팔순의 노모가 피워낸 수련 하나
야단野壇의 법석 위로 얼굴 내미는데
마음이 무거워 마음에 없는 소리 하며
지상의 방 한 칸에 세 들어 산다.

간발의 차

너는 내가 어리석다 탄식하고
나는 네가 지혜롭다 감탄한다.
간발의 차이로 너는 성자고
나는 범부다.
간발의 차이로 남의 처妻가 된
첫사랑처럼
어리석은 생이여
탄식과 감탄이 한 몸이니
윤회와 열반이 다르지 않네.

적산가옥

오랜만이야, 하고 속삭여봤다.
많이 늙었네, 하며 돌아오는 소리가
복도 지나 먼지 털며 걸어 나온다.
낮잠 자다 해거름에 일어나
학교 늦다고 허둥대며 가방 챙겨 뛰쳐나가던
어릴 적 국민학교 운동장에 서봤다.
변소에 빠진 아이를 씻어내던 수돗가에
여선생님 닮은 분꽃은 피지 않고
구충제 먹듯 아득해지는
옛길 일으켜 교문 나서면
문방구 건너 이발소, 줄장미 피던 양옥집 지나
삐거덕거리는 나무 계단 가파른
적산가옥 한 채 보인다.
자전거 타고 귀가하던 아버지가 눈에 밟혀
열차 따라 남쪽에 온 저녁
아랫목에 묻어둔 밥그릇이 달그락거리고
이불 위에 쪼그리고 앉은 늙은 소년 하나
발가락에 묻은 밥풀 떼내고 있는
옛날 살던 동네에 가봤다.

너를 안으며

너를 안으며 네 심장에서
지구가 자전하는 소리를 듣는다.
너를 안으며 네 안에서
우물에 떨어진 별 하나 줍는다.
너무 맑아서 다시 돌아갈 수 없는
낮고 깊은 내 안의 샘
이제는 찾을 수 없는
유년의 신발 한 짝 들고 누가
아득한 얼굴로 걸어 나온다.
파스텔 문지르듯 그림 속에서
따뜻하고 동그란 눈물 하나 번져 나간다.
개미의 영혼, 새들의 영혼
나보다 작은 꽃들의 영혼 위로 누가
날개 움직여 날아간다.
우주가 숨을 쉬고,
풀들이 바람에 누웠다가 일어난다.
너를 안으며 나는 내 안의 허공을 본다.
허공에 세워놓은 집 한 채 물끄러미
바라본다.

천상병

— 박상희의 조각에 붙여

차가운 바람 속에 앉아 그는
웃고 있었다.
정말 소풍이라도 가듯
즐거워하고 있었다.
그런 그의 곁에 앉아 나는
웃지 않았다.
결코 세상이 소풍이 아니라는 것을 알기에
웃지 않고 그저 바다만 바라보았다.
어깨에 내려앉던 노을이
섬의 그늘과 몸 섞는 것을 지켜보며
생각보다 인생이 짧다는 것을
파도에게 말해주고 싶었다.

단순한 삶

단순하게 살기로 한 이튿날
단순하지 않은 일이 일어났다.
단순한 삶은 이렇게 어려운가.
불화不和를 끌어당겨 웅덩이 파는
도도한 삽날이 어디 있어서
단순한 날짜 앞에 매복하는가.
저 비 그치고 나면 산을 눕힐
엄동의 기온이 낮은 포복하고
강 위를 떠다니는 젖은 안개가
미등도 켜지 않은 삶의 후미를
차가운 손 뻗어 가려놓는다.
단순한 삶은 가려진 삶이 아니다.
단순한 삶은 매복하는 삶이 아니다.
삽날에 찍힌 채 속살 드러낸
단순한 삶은 붉은 흙 같은 삶이다.

봄 편지

봄날이 간다고 말하지 말라.
봄날은 언제나
온다.
꽃들이 진다고 말하지 말라.
꽃들은 언제나 핀다.
온 적 없어
갈 곳도 없는 봄날에
한번 가면 오지 않는 먼 길 가듯
민들레 피거든 내 생각해라.

너를 처음 본 그해 봄날

봄은 오고 너도 온다.
얼음새꽃이 오고, 노루귀가 오고
화야산의 얼레지가 보랏빛으로 오는 그 사이
운곡암 지나 주저앉으며
눈물 흘리듯 두 줄로 우는
해금 소리 듣는다.
세상의 절반이 남자라거나
나머지 절반이 여자라는 말을 나는
믿지 않으니
세상 모든 것이 너였던 시절이 우리에겐 있다.
해금은 울고
울어서 단숨에
피던 꽃을 지게 하고
지는 꽃 밟으며 가던 길을
돌아서 내려와 다시 간다.
세상 상처 다 품어 안은 어머니처럼 꽃은 오고
오는 꽃 바라보며
닫혔던 산이 환하게 문을 여는 그 시각
너는 온다 처음 봄을 듣는 자줏빛 노루귀처럼.

* '너를 처음 본 그해 봄날'은 피아니스트이며 작곡가인 전수연이 쓴 곡의 제목.
신날새의 해금으로 연주된 곡의 애잔함에 끌려 쓴 이 시는
가평군 설악면에 있는 화야산을 배경으로 하고 있다.

바람소리, 바람소리

한밤에 일어나 멀리 걷기도 한다. 식구들 깰까 몰래 나와 차를 몰고 달리기도 한다.

밤새 문 열어놓은 섬의 카페에서 난로 속 장작불을 하염없이 지켜보며 앉아 있다. 식어버린 커피를 입술에 댔다가 도로 내려놓기를 반복하며 동행은 깜깜한 창밖을 영화 보듯 바라본다. 파도 소리가 짐승 우는 소리 같다.

모란이 피려면 아직 더 기다려야 할 것들이 많다.

그만 자러 갈까? 라고 물으면 좀 더 있다가요, 라는 답이 돌아온다. 무엇이 그를 일어서지 못하도록 잡는가?

침묵이 으르렁거리는 짐승 같을 때가 있다. 섬의 바람은 있는 힘 다해 창문을 구타하고, 동백 떨어지는 소리가 환청인 양 멀어졌다 가까워졌다 한다. 머리카락 사납게 헝클어놓는 길을 밟고 우리는 밤의 해변을 거슬러 돌아간다. 숨어 있던 펜션의 불빛이 담요 속 손처럼 따뜻하다.

각자의 실내로 헤어져 자리에 눕자 문자가 날아온다. 왜 하모니카를 안 불어요? 바람소리 때문에 들리지 않는 건가?

물음표 두 개가 찍혀 있는 문자를 보는 순간 일어나 바깥으로 나간다. 카페에 하모니카를 두고 온 모양이다. 창문을 구타하던 바람이 바다를 구타하고 있다. 깜깜한 어둠 속에서 파도가 하얗게 비명을 지른다. 파도의 비명을 귓전으로 흘리며 나는 두고 온 연인을 찾아가듯 차를 몰았다.

3부

이별은

그리움을 저장한다

개화

피어나는 저것들 마침내 지고 말거니
단 한 번 폭력이 허용된다면
죽도록 세월을 패주고 싶다.

백야

눈 내리는 상트 페테르부르크의
차가운 공기가 코끝에 닿는 밤
당신의 따뜻한 손이 생각나요.
꽃샘추위가 한창인 여기서 거기까지
문자가 날아간다.
눈 감았다가 다시 봐도
너는 없고
튤립의 꽃말 찍힌 허공으로
봄이 바이올린 소리를 내며 찾아온다.
늦게 핀 꽃들이 정원을 장식하듯
우린 지금 생의 마지막 순간을 장식하고 있어요.
봄을 받아들이듯 허파 깊숙이 바이올린 소리를
받아들여 봐요.
우리가 받아들여야 할 것은 그 모든 것이지요.
내가 사랑한 것은 당신의 일부가 아니라
전부였으니까.
마음의 드라마를 삭제하고 오디오의 볼륨을 올린다.
트로이카는 달리고
방 안 가득 바이올린 소리가 눈보라 친다.
귀보다 오래 내 인생의 백야가
설원을 울리는 악기 소리 듣는다.

사막의 사랑

무엇이 세상을 휘어지게 하는가?
지금 나는 중력에 대해 말하려는 것이 아니다.
무엇이 세상을 바로 서게 못 하는지
지금 나는 진실에 대해 말하려는 것이 아니다.
계절이 바뀐다 해서 또 한 번
꽃의 이력에 대해 말하려는 것이 아니다.
꽃은 피다가 지고
휘어진 가지는 부러지지 않고 열매를 맺을 것이다.
세상의 모든 살구나무가
분홍빛 감탄사를 허공에 내지를 때
그 순간을 기억하며
이별에 대해 말하려는 것이 아니다.
나의 중력이 왜곡시킨, 말하자면 사랑의
무게 같은 것에 대해 말하려는 것이 아니다.
휘어진 시위를 떠난 화살이 그려내는 직선이
직선이 아니라 곡선이라는 사실을
바보같이 누구에게 알려주려는 것이 아니다.
말 안 해도 꽃은 갈망의 대지로부터 물 길어 올리고
푸르른 잎맥 따라 당신은 아마 스며나듯 올 것이다.
당신, 그러고 보니 당신은 저 멀리
북아프리카 어디선가 헤어진 별빛 같다.

모로코, 아니면 라자스탄의 사막쯤서
나무에 물을 주며 당신은 유혹의 노래를 불렀지.
당신이 머리에 썼던 푸른 수건을 기억한다.
그러나 지금 나는 당신이 그리운 건 아니다.
밤은 우리를 더 가깝게 하겠지만
가깝다는 게 어찌 달리 가까운 것이겠는가.
다만 나는 침묵에 대해 말할 뿐
침묵의 중심이 끌어당길 고요의 성性에 대해 말할 뿐
사랑 같은 것에 속을 만큼
은빛 머리카락 위로 앉은 세월의 새들이
사막의 우물처럼 맑은 것은 아니다.

식객

존경받지 말라 그것이 무덤이 될 수 있으니.
그것에 갇혀 스스로를 잃을 수 있으니.
당신이 알고 있는 것과 달리 우리는
같은 세계에 살고 있는 하나의 인류가 아니다.
알고 있는 것의 수준이 살아가는 것의 수준을 재단하니
어디까지 알고 있는지가
어디까지 살 수 있는지를 결정한다.
지식과 존재 또한 별개의 것이 아니니
가령 당신이 바라나시의 강가를 서성거리거나
깊지만 더러운 그 물에 몸을 담그며
윤회로부터 벗어나고자 기원하는 그 순간
그대 밖에 있는 힌두교는 그대 안의 힌두교가 되어
강물과 하나가 된다.
하나가 된다는 말은 또 무엇인가?
그것은 그대 안의 별과 그대 밖의 별이
수만 광년 떨어진 거리를 지우고
비로소 내 안의 수정체에
빛으로 맺혔다는 사실을 암시한다.
모든 암시는 일종의 예언이라
제대로 맞는 예언은 불길한 것뿐
그러니 차라리 하나가 되지 말라.

하나가 아닌 우리는 각각의 인류이니
생의 바닥을 치고 각자도생하라.
존재의 차원에서 늘 불온한 그대와 나는
방랑이나 유랑의 식객 같은 존재다.

사랑해?

인도네시아 6.5 규모 강진
모든 것엔 크기가 표시된다.
화물차 5톤
마차푸차레 해발 6,993미터
신발 크기 265밀리미터
그런데 나는 네 마음의 수치를 알 수가 없다.
부피와 면적과 깊이와 무게에 대해
궁금하다.
영원히 측정 못할 그 넓이가.

존재의 낭비

너무 크게 소리 내어 말하지 말라.
모든 소리엔 고요함이 있으니
들리는 것보다 더 깊은
안 들리는 것에 귀 기울이라.
너무 많이 기다리던 것은
너무 많이 욕망하는 것이니
원하는 것을 줄여 원하지 않던 것을
피하게 하라.
너무 많이 애태우던 것은
너무 많이 상처 나는 것이니
머무를 수 있다면 상처 위에서
스승을 찾게 하라.
삶에서 내가 배운 것 중 하나는
더 이상 중요한 존재가 되기 위해
스스로를 낭비하지 않는 것이니
중요하지 않더라도 나는
존재한다는 사실만으로 소중하다.

내시경

속 보이는 것들은 그렇다 치고
죽음의 속을 알 수 없다.
어디가 안이고 어디가 밖인지
세상의 속을 알 수가 없다.
길은 어디에도 나 있지만
어디에나 닿을 수 있는 것은 아니다.
쓰리거나 거북하거나 때로 구역질 나는
사람들 속을 알 수가 없다.
아무것도 안 보이는 깜깜한 안개처럼
내가 내 속을 알 수가 없다.

고요의 신음

한밤에 깨어나 너를 듣는다.
밤은
세상의 소리가 묻힌 무덤
무덤에 앉아 너를 듣는다.
숨죽여 들어도 들리지 않는
내 안으로 번져 나간 고요의 신음
살고 싶은 모든 것이 귀를 세우는
한밤에 혼자 깨어 너를 듣는다.

목련을 기다린다

꽃 이야기를 주고받는다 폰 속에서
모란은 너무 늦고,
라일락은 한창 바쁠 때인데 어쩌지?
성급한 꽃들이 문자로 피고
미리 준비는 해둬야지 정리할 재산 없어도
꽃소식 뒤에 올 부음을 예비하며
마음은 준비한다 살아 있는 이의 편의를.
얼음새꽃이 피고, 생강꽃이 피고
목련을 기다린다 나는.
겨울을 견디어 봉오리 터뜨릴
폭죽을 준비하며 나무들이
두레박 없어도 물 긷고 있는데
축제를 기다린다 나는.
또 한 바퀴 별들이 공전하고
꽃소식 앞세우며 누군가 떠난다 해도.

절정

그것이 삶인 줄 몰랐네.
아프지 않기 위해 서로를 아프게 하던
멀리 있던 이별을
눈앞으로 끌어와 기어코 경험하고 마는
그것이 후회인 줄 몰랐네.
모든 날들이 자꾸 과거가 되고
모든 사람이 자꾸 타인이 되고
이룰 수 있는 것보다
이루어지지 않는 것이 더 많은
그것이 삶인 줄 몰랐네.
왜 인생은 기뻐하는 순간보다
눈물을 삼켜야 하는 순간이 더 많고
왜 인생은 만남의 순간보다
기다려야 하는 순간이 더 많고
왜 인생은 달리는 순간보다
주저앉아야 하는 순간이 더 많은지
왜 눈부시게 타오르다 인생은
한순간에 탁, 꺼지지 못하는지.

먼 길

내 안에 당신이 피고 있음을 느낍니다.
내 안에 내가 당신과 함께
피는 꽃을 바라보고 있음을 느낍니다.
사과 속에 들어 있는 사과 씨같이
내 안에 들어 있는 당신을
눈 감고 가만히 지켜봅니다.
눈을 감으면 그제야 보이는 당신을
더 가깝게 보기 위해 나는
당신으로부터 조금 더 멀리 갑니다.

장수매화

멀리 갔다 오는 사람처럼 봄이 왔다.
봉지 속 씨 뿌리듯 눈물 떨구며
내리는 봄비에 땅이 젖었다.
문밖에 놓아둔 분재에
기다림이란 이름을 붙이며
애쓰듯 장수매화가 핀다.
명자꽃이 피고, 춘란이 피고
기다려도 오지 않을 이들의 명단을 작성하는
계절이 몇 번이나 바뀐 건지 모르겠다.

순간

문자가 왔다.

사랑하는 마음도 순간일까요?

그것만은 순간이 아니길.

망설임 없이 나는 대답한다.

그것도 다 순간이에요.

그래도 그것만은,

이라고 말하는 이에게

그러니 순간이 소중한 거죠.

상투적인 답을 하며 나는

사랑,

받아쓰기하듯 손가락 움직여

허공에 글자 하나 새겨 넣는다.

삶

우리는 꼭 아름답기 위해 사는 것은 아니다.
살면서 아름다워지는 것이다.
우리는 꼭 행복하기 위해 사는 것은 아니다.
행복은 있다가도 없어지기 때문이다.
성공하기 위해 모든 걸 견딘다 해도
우리는 단지 성공하기 위해서 살아가진 않는다.
성공하고도 가치 없는 인생이 너무 많기 때문이다.
가질 것보다 잃을 것 더 많은 세상에서
가지기 위해 사는 삶이 잘 사는 것이라 배우는
성공이란 학교의 우등생들이여,
우리가 사는 것은 삶이 여기 있기 때문이다.
산이 거기 있기 때문에 오른다는 등반가의 말처럼
삶이 지금, 여기 있기 때문이다.

살아보니

교양은 있어도 인정 없는 사람보다
투박하더라도 따뜻한 사람이 좋다.
눈길을 끄는 미모보다
평범해도 부드러운 얼굴이 좋다.
거침없는 달변보다
마음이 담긴 눌변이 좋으며
두드러지게 반짝거리는 사람보다
있는 듯 없는 듯 편안한 사람이 좋다.
가르치려 드는 사람보다
배우려는 사람이 좋으며
아는 척 나서는 사람보다
모르는 척 물러서는 사람이 좋다.
잘 팔리는 책보다 마음에 오래 남는 책이 좋고
똑똑한 사람보다 덕 있는 사람이 좋다.
내가 잘해 상 받는 것보다
자식이 잘해 칭찬받는 것이 좋으며
성공한 사람보다
실패해도 그것을 이겨내는 사람이 좋다.
돈 많은 사람보다
돈을 귀하게 쓸 줄 아는 사람이 좋으며

한때의 친구보다
무덤덤하게 오래가는 지인이 좋다.
남을 이기는 사람보다
나 자신을 이기는 사람이 좋으니
살아보면 인생은 이기는 것이나 지는 것이나
멀리 있지 않다.

고맙다

너를 밟고
네게서 나는 것들을 먹고 살면서도
고마운 줄 몰랐네 대지여
너를 마시고
네가 적신 숲에 깃들어 살면서도
고마운 줄 몰랐네 강이여
지상에 존재하는 사람들 숫자만큼
각자의 고향이 따로 있어도
어머니 가신 뒤 고향도 사라졌다는 것을
비로소 깨달았네 삶이여
고마운 줄 몰랐네 그대여
내 곁에 존재하는 소중한 당신을.

수고한다

저 눈이 정말 솜이불처럼
따뜻했으면 좋겠다.
떨고 있을 대지를 가만히
덮어줬으면 좋겠다.
이불 한 장 없이
차가운 바닥 위로 내던져진 나무들이여
수고한다 수고한다.
산다는 일이 저마다 견디는 일이니
살아 있는 모든 것들 다
수고한다.

나이

나이가 든다는 것은 용서할 일보다
용서받을 일이 많아지는 것이다.
나이가 든다는 것은 보고 싶은 사람보다
볼 수 없는 사람이 많아지는 것이다.
나이가 든다는 것은
기다리고 있던 슬픔을 순서대로 만나는 것이다.
세월은 말을 타고 가고
나이가 든다는 것은 마침내
가장 사랑하는 사람과도 이별하게 되는 것이다.

산수유

그는 그냥 외롭다고 했다.
무엇이 외롭냐고 묻자
그냥, 이라고 대답했다.
그래. 그냥 사는구나.
그냥 살다가 그냥 가는 거구나.
퍼붓는 눈발 속에 산수유 열매가
붉은 눈물 같이 글썽이는데
그냥 나는
멀리 있는 누군가가 그리워진다.

내 밖의 평화

오늘 어디선가 또 꽃들이 필 것이다.
끼니를 걱정하는 누군가가
재수 없는 인생의 심술을 투덜거리고
버림받은 누군가가
꽃처럼 시들어 말라갈 것이다.
오늘 쏘아올린 미사일 같은 불안에게
대화를 제의하며
심약한 누군가가 병원 문을 나설 때
행복하다는 착각에 빠져 누군가는
목젖 드러내며 웃음을 터뜨릴 것이다.
오늘 구직을 포기한 누군가가
철길 앞에 몸 내밀어 스스로를 버릴 때
지구 반대편에 앉아 노트북 여는
시인의 문장 위로
보증 기간 끝난 평화가 청구서를 보낼 것이다.

한 끼

딸이 난다.
살아 있다는 말이다.
눈물이 난다.
살아 있다는 말이다.
화가 난다.
생생하게 살아 있다는 말이다.
살아 있다는 건 좋은 일이다.
그런데 정말 그럴까?
무엇인가를 영원히 잊지 못한다거나
영원히 사랑한다는 그 말이
정말 그럴 수 있는 것일까?
살아 있다는 것이
살아서 또 한 끼를 먹고 있다는 것이
정말 좋은 것일까?

휴식

쉬세요.

라고 인사한 뒤 산을 내려온다.

낮지만 산엔 아직 바람이 차다.

낮지만 슬픔엔 아직 물방울이 언다.

쉬세요 영원히.

영원하다는 말엔 막막함이 묻어 있다.

아무것도 모르겠다는 답답함이 묻어 있다.

일종의 숨막힘이다.

숨막힘을 나는 하염없다는 말로 번역한다.

하염없다 세상의 모든 휴식이

하염없다 세상의 모든 슬픔이

산마늘꽃이 피고, 양지꽃이 피고, 제비꽃이 피고

얼레지가 지고, 바람꽃이 지고

결국 산목련이 지고

모든 것은 진다. 안 지고 배길 것이 어디 있겠나.

쉬세요.

라고 늦은 밤 누가 카톡을 보내온다.

쉬어야겠다 당분간.

하염없는 봄이 속절없이 올 것이다.

하루살이

10년 뒤에도 이 별에 있을까?
모르지. 내일 일을 어떻게 알겠어.
미래를 생각하지 마.
그럼? 그럼 뭘 생각하며 살아?
미래는 없어.
없다니? 이제껏 있어 왔는데.
내 나이 되어봐.
그 나이 되면 미래가 없어져?
없어지는 게 아니라 없어.
미래란 어떤 나이에도 없어.
우린 그저
현재를 사는 것뿐이야 하루살이처럼.

멀리 있는 연인에게

너무 멀리 오면
다시 돌아가지 못한다.
너무 멀리 보면
아무것도 보이지 않는다.
너무 사랑하면
다투고 싸우다가 이별한다.
너무 멀리 있으면
멀리 있는 그만큼 그리워진다.
그리워하는 그동안 그립다가
잊혀진다.
그래도 생각나는 누군가가 있다면
힘들게 살지 말고 얼른
잊어라.

당신의 젊은 날은 그렇게 간다

숨죽인 채 들려오던 노랫소리가
고요 속에 사라지듯
산 아래 와서 놀던 겨울 해가
4시만 되면 산 넘어가듯
끓어서 넘치던 물이 뚜껑 열면 잦아들듯
젊은 날은 그렇게 간다.
주머니 빈 캥거루처럼 뛰어다니던
당신의 젊은 날은 그렇게 간다.
종류만 많을 뿐 실속 없는 카드처럼
손가락 끝에 목이 메어 현絃이 울고
슬픈 기타를 슬프지 않은 듯 퉁기며
벗어날 수 없는 원룸과
두려움 없는 두려움과
익숙한 낯설음과
수백장의 자소서와 끝나지 않은 낙망 사이로
당신의 젊은 날은 그렇게 간다.
고지서 끼어들듯 끼어드는 무관심과
터무니없는 TV의 막 나가는 수다와
광택 없는 금수저의 광채狂彩에 밀려
속절없는 하루는 그렇게 간다.

숨

당신이 고통으로부터 벗어나길 원합니다.
올무를 피해 가는 산짐승처럼
한 톨의 씨앗으로 세상에 오기 전
씨앗 속에 앉아 있던 생명의 기원祈願으로
고통의 단단한 껍질을 깨트리길 원합니다.
몸무게보다 50배나 무거운 짐을 이고 가는
한 마리 개미가 누리는 기쁨처럼
가볍고 꾸밈없이 살기를 원합니다.

늦은 그리움

어딘가 자꾸 전화해야 할 곳이 있는 것만 같다.
안부를 물어야 하루가 끝날 것 같은
그런 사람이 어디서 기다리고 있는 것만 같다.
한 번씩 부재중 전화를 확인해봐도
간 사람 다시 돌아오지 않는데
화분에 꽃이 피고
어디에 둔 건지 보이지 않는 물뿌리개 찾듯
어딘가 자꾸 안부를 확인해야 마음 놓일 것 같은
그런 날이 지나가고 또
지나간다.

지금, 여기

까비르는
'물속의 물고기가 목마르다 한다' 했다.
시를 말하는 곳에 시가 없고
노래 부르는 이에게 노래가 없다.
냄새가 가득해도 향기가 없고
쾌락이 넘쳐나도 기쁨이 없다.
비판이 난무해도 성찰이 없고
성취는 많은데 성공이 없다.
내일이 올 거라며 기다리는 사람아,
평생을 살았지만 나는
오늘만을 살았을 뿐 하루도
내일을 살아보지 못했다.
평생을 기다려도 한 번도
내일의 얼굴을 만나보지 못했다.
세상의 모든 것은 오직 지금
여기에서 일어나니
목마르다며 물속에서 물을 찾지 말라.

* 까비르: 베틀에서 평생 베를 짜는 직공으로 살았던 인도의 신비주의 시인

존엄사

병들어 죽을 때가 된 늑대는
무리를 떠나 숲으로 간다.
병들어 날아갈 수 없는 새들은
나뭇가지를 떠나 바닥으로 내려온다.
그때가 오기만을 기다리는 노인들이
낡은 몸뚱이 뉘어둔 침대 하나
우리는 왜 꽃처럼 숲에서 질 수 없을까?

슬픈 기타

슬픔,
이라고 말하며 너는 웃었다.
입꼬리에 묻어 있는 웃음의 키를
반음 내려놓으며
기타가 운다.
단조로 바뀐 생이 따라서 울고
가사 없는 노래가
바퀴 빠진 시간의 수레 같다.
바다에 기대어 하늘 바라보면
달이 푸른데
슬픔의 끝에 가면 슬픔이
이제 그만 안녕, 하며
작별을 고할 수 있을까.

이별

눈이 온다.
수만 마리 물고기가 비늘을 털고 있다.
은빛 바다가 숲 위로 떠오른다.
입술에 떨어지는 차가운 비늘
어디까지 가야 하는지
숲에서 나는 물고기를 구한다.
그리움이 그리워요.
지구 끝에서 누가 문자를 보내온다.
헤어지기 위해 사람들이 추억을 삭제한다.
모든 만남이 뇌관을 감추고 있듯
모든 이별이 그리움을 저장한다.
희롱하기 위해 생이 우리에게 꽃다발을 안기고
때로는 겨울보다 먼저 봄이 가고
때로는 봄보다 먼저 상실이 온다.
버림받을 것이 두려워 먼저 버리며
살아남기 위해 사람들이 어딘가에 매달린다.

귀의처

슬픔은 잘못된 성소聖所다.
그래 맞다.
그것은 물처럼 우리를 잠기게 하기 때문이다.
비난 뒤에 상처가 나듯
슬픔은 사방에 구덩이를 판다.
그것이 만든 멍에 빠져 우리는
기쁨의 순간을 받아들이기 힘겹다.
슬픔과 비난에 대해 쓴 책의 한 구절을 읽다가 나는
내가 쏜 비난의 화살을 생각한다.
화살이 꽂히던 시간의 과녁들을 돌아본다.
명중률 높은 활을 가진 궁수처럼
누군가의 심장을 향해 비난을 쏘아대며
그렇게 산다 우리는.
쏟아지는 화살을 피해 달아나는 산짐승처럼
날카로운 바위 틈을 안 다치고 뛰어가는 산양처럼
그렇게 견딘다 우리는.
암에 걸린 명상가의 책을 읽다가 나는
자발적인 가난을 택한 한 청년을 생각하고
악행을 일삼다 몰락한 늙은 연출가의
사악한 욕망을 떠올린다.

인생을 연극이라 몸소 실천한 그의
구별되지 않은 현실과 연기 사이에서 꽃이
욕지기를 하고
평화로운 세상이 올 것이라 기대조차 품지 않는
시리아의 한 소녀가 상처 속에 울고 있을 때
인생은 우리의 귀의처가 아니다 다만 우리는
왔다가 어딘가로 돌아가고 있을 뿐.

Gone with the wind

누워서 폰으로 시를 쓴다.
앉아서 폰으로 너는 그 시를 읽는다.
눕거나, 앉거나, 걸어 다니면서도
화두를 챙기는 선객禪客처럼.
그런데 앉으면 눕고 싶고
누우면 자고 싶은
나는 누구인가?
어떻게 살다가 어디로 갈 것인가?

경청 2

저무는 날 파도가 하는 소릴 들었네.
비오는 숲 새들이 하는 소릴 들었네.
햇살 아른대는 봄 같은 겨울
멈추어 선 채 지켜보는 그림자 소릴 들었네.
네 몸을 적시는 비가 내 몸을 적시고
네 안을 적시는 눈물이 내 안을 적시던
꽃 피는 행성의 행복한 날을 들었네.

꽃과 영혼과 인생에 대한 노래

— 김재진의 새 시집에 부쳐

1.

서정시는 한 사람에게서 발화하는 슬픔의 결, 실패의 광휘, 패자의 심오한 승리 등을 포함한 인생의 여러 측면들에 주목한다. 서정시는 한 사람에게서 나오는 고백의 건축술이다. 서정시는 한 번도 겪지 않은 과거를 소환하고, 이미 낡아버린 미래를 노래한다. 서정시는 한 사람의 내면 고백이다. 고백의 언어를 펼치는 가운데 잔혹하고 무자비한 내부, 존재의 내출혈, 독백의 만다라, 광대의 판토마임을 시연試演한다. 또한 서정시는 자기 안에 우글대는 동물에게 '나는 누구입니까?'라고 묻는다. 어쩌면 서정시인이란 자기 삶을 연기하는 광대, 자기에게 골몰하느라 세계에 대해서는 무지한 백치, 백일몽의 언어나 중얼거리는 몽상가일지도 모른다.

이 세상에서 가장 외로운 사람조차 결코 혼자가 아니다. 한 사람은 인류 전체다. 한 사람은 여러 사람과의 관계에 속해 있는 하나다. 한 사람은 시민, 납세자, 모임이나 조직의 일원, 가족, 누군가의 형제, 자매, 부모일 테다. 한 사람은 늘 그가 속한 무리에 연결되어 있다. "네 몸을 적시는 비가 내 몸을 적시고/네 안을 적시는 눈물이 내 안을 적시던/꽃 피는 행성의 행복한 날을 들었네."(「경청 2」) 한 사람이 무리에서 떨어져 나와 혼자 떠돌 때조차 그는 하나가 아니다. 한 사람 안에는 무수한 자아가 우글거리기 때문이다. 그러나 한 사람은 늘 혼자다. 자기 안에 고립되고 유폐된 '나'야말로 유일한 현존이다. 한 사람은 한 장소에 있지 않고, 어느 세계에 속하지도 않는다. 한 사람을 붙잡아둘 수 있는 지리적 거점은 없다. 한 사람은 그 자신이 바로 한 장소이고, 세계이다. 한 사람은 하나가 아니라 여럿이다. 밥 먹고 숨 쉬며 잠자는 한 사람이 실은 인류의 전부다. 태어난 것을 부정하고, 불가능한 것을 욕망하며, 삶에 부과되는 수고와 노동에 허덕이는 한 사람이 인류 그 자체다. 그러므로 한 사람의 사랑과 이별, 그 내면 정서의 무늬를 끄집어내는 서정시에서의 '나'는 혼자이며 인류 전체다. 자, 여기 한 서정시인이 있다. 이제 그의 시세계로 들어가 보자.

2.

김재진의 시는 꽃과 영혼과 인생의 지극함을 노래한다. 인생은 사랑과 이별, 죽고 사는 것, 인연을 두루 포괄하는데, 그 저변을 물들이는 것은 깊은 슬픔이다. 이 슬픔은 사람이 불가결하게 겪는 생로병사와 연관이 있을 테다. 슬픔은 불행과 고통에 대한 감응의 능력이고, 양심의 명민

함을 드러낸다. 아울러 슬픔과 연민은 짝패다. 타인이 아프면 나도 아프다. 타인의 아픔에 내가 연루되었다는 자의식이 슬픔의 배경이다. "연민은 우리의 무능력함뿐만 아니라 우리의 무고함도 증명"[1]해준다. 누구에게나 어머니는 타자 중에서 가장 지극한 존재다. 어머니는 먼저 나온 자, 당연히 뒤에 나온 자식보다 먼저 죽는 자다. 죽음이란 살아 있음의 종말이고, 생명의 소진이며, 육체의 폐기다. 죽음은 피할 수 없는 가장 큰 실존 사건일 테다. 우리는 이 실존 사건을 타자를 통해서 간접적으로만 겪는다.

김재진의 시집 전체를 관통하는 주제는 죽음이다. 시집 전체가 음울한 슬픔으로 가득 차 있는 것은 직접적으로는 노모의 죽음을 보고 겪는 가운데 얻어진 생명의 유한성에 대한 깊은 체험과 연관되어 있다. 죽음은 "가능성 안으로 진입한 불가능성[2]"이고, 산 자로서는 겪을 수 없고 다만 타자적 경험이 있을 뿐이다. 우리는 아무리 훌륭한 삶이라도 죽음은 가차없이 일그러뜨리면서 끝장내 버린다. 하지만 죽음에 들러붙은 온갖 종교적 망상을 거둔다면 그것은 불행도 슬픔도 아니다. 그것은 극복의 대상이 아니며, 따라서 우리는 죽음과 싸우지 않는다. 죽음은 개기월식이나 토네이도 같은 일종의 자연현상이고, 한 유명한 작가의 말에 따르면, 우리가 "거울로 뭔가를 보기 위해 거울 뒤에 발라야 하는 어두운 물질"(솔 벨로) 같은 것이다. 그렇건만 우리가 죽음이 품은 불가능성과 무한 앞에서 갖는 첫 번째 느낌은 무력감이다. 무력감의 안쪽에 번지는 감정은 지극한 슬픔이다. 이때 슬픔은 자기 한계에서 비롯한 미약한 절망이거나 얇게 두드려 편 좌절이다. 김재진의 시에서 병상에 누워 죽음을 기다리는 노모를 돌보는 가운데 느끼는 애틋함은 그 연민의 최대

1) 수전 손택, 『타인의 고통』, 이재원 옮김, 이후, 2004.
2) 김동규, 『철학의 모비딕』, 문학동네, 2013.

치에서 작열한다. 노모의 죽음은 동질화의 경험 속에서 겪어지는 것임을 이해할 수 있다. "산다는 건 모든 것이 혹독하구나"(「한방울」)라거나, "헌 옷 벗어 개켜놓고/헌 신 벗어 댓돌 위에 새 신처럼 벗어놓고/그렇게 간다 우리는"(「재회」)이라는 깨달음을 거쳐 "죽음은 잘못 누른 건반"이고, "삶이란 꿈속에서 꿈을 꾸는 과정"(「나무가 꾸는 꿈」)이라는 구절이 범속한 직관을 뚫고 나온다.

우네. 너를 보내고 우네.
우네. 기다려도 오지 않을 것들을
그래도 기다릴 수밖에 없어 우네.
사랑받기 위해 사람들은 사랑을 앓는데
우네. 갈수록 재미없는 삶이
더 재미없어질까 두려워서 우네.
돌아보면 아무것도 남아 있지 않는
시간의 가속도에 손가락 베며
우네. 네 안에 나 없어도
내 안에 네가 있어 우네.

「우네」

산다는 것은 '나'와 '너'의 연루됨을 전제로 한다. '나'의 사랑과 이별, 슬픔과 기쁨은 혼자서 겪는 게 아니라 '너'와의 변증법적인 연루됨 속에서 빚어진다. 시인은 "기다려도 오지 않을 것들을/그래도 기다릴 수밖에 없어", 그리고 "내 안에 네가 있어" 운다고 쓴다. 울음은 마음의 상처를 드러내는 슬픔의 물증이다. 슬픈 자가 우는 게 아니라 울어서 슬픈 것이다. 또 다른 시편 「재회」에서 "울음은 오직/남은 이의 마음에 눕는 풀잎 같은 것"이라고 말한다.

내 안에 당신이 피고 있음을 느낍니다.
내 안에 내가 당신과 함께
피는 꽃을 바라보고 있음을 느낍니다.
사과 속에 들어 있는 사과 씨같이
내 안에 들어 있는 당신을
눈 감고 가만히 지켜봅니다.
눈을 감으면 그제야 보이는 당신을
더 가깝게 보기 위해 나는
당신으로부터 조금 더 멀리 갑니다.

「먼 길」

소월의 「진달래꽃」이나 만해의 「님의 침묵」에서 시작되어 이성복의 『남해금산』에 이르기까지 우리 서정시의 흐름 안에는 늘 '당신'이나 '님'이 있다. '당신'은 '나'의 바깥에 있는 존재이면서 동시에 '나'의 안에 들어와 있다. '나'는 '당신'을 품고 있고, 반대로 '당신'은 '나'를 품는다. '당신'은 '나'와 연동되어 하나로 움직인다. 이는 "안에 있음은 타인과 더불어 있음이다"라는 하이데거의 명제를 연상시킨다. 「먼 길」에서도 "내 안에 당신이 피고 있음을 느낍니다"라는 구절에서 드러나듯이 '당신'의 존재는 뚜렷하다. 삶의 보람과 가치는 "내 안에 들어 있는 당신"에서 비롯된다. '나'는 "사과 속에 들어 있는 사과 씨같이" 내 안에 깊이 들어와 '당신'을 "눈 감고 가만히 지켜"본다. '당신'은 내 안에서 함께 저 바깥에서 피고 지는 꽃을 바라보는 존재이자 동시에 내 안에서 피고 지는 꽃이다. 「먼 길」은 연애시인가? 그렇다. '나'는 눈 감아야만 보이는 '당신'을 더 잘 보기 위해 '당신'에게서 멀리 떠난다. 소월의 「진달래꽃」이나 만해의 「님의 침묵」에서 볼 수 있듯이 사랑은 떠남, 즉 이별을 동반한다. 이별로 인해 불가피하게 생기는 이격離隔과 결핍을 통해 사랑은 비로소 발견된다.

3.

김재진의 많은 시는 물음을 핵심으로 삼는다. 이성과 논리가 아니라 직관에서 나오는 물음은 삶을 꿰뚫고 죽음을 꿰뚫는다. '왜'라는 물음은 잠든 의식을 깨우고 몽매함이라는 구덩이에서 끄집어내는 집게다. 물음은 이 세계가 하나의 미스테리, 신비라는 증거다. 물음은 서로 다른 궤도를 도는 나와 너를 연결하고, 무연하게 떨어진 나와 세계를 매개한다. 이 물음은 굳이 답을 요구하지 않는다. 물음 안에 이미 답이 들어 있기 때문이다. "삶은 절망인가 희망인가?/삶은 고독인가 충만인가?/삶은 있음인가 없음인가?", "나는 내 생각인가 아니면/내가 꾸는 꿈인가?"(「Being」), "우리는 왜 누에처럼, 달팽이처럼/그렇게 먹고 살 수 없을까?/우리는 왜 새처럼 나비처럼/그렇게 살다 갈 수 없을까?", "우리는 왜 죽음 없이 살아갈 수 없을까?/우리는 왜 아무것도/바라는 것 없이 살 수는 없을까?/슬픔 없이 우리는 왜 존재할 수 없을까?"(「슬픔이 가는 방향」), "눈 감고 숨 쉬는 사람은 누구인가?/눈 뜨고 숨 막히는 사람 또 누구인가?"(「아함경」), "내 시,/덥혀지는 발만큼 따뜻할 수 있을까?"(「햇빛 시」), "무엇이 세상을 휘어지게 하는가?"(「사막의 사랑」), "사랑하는 마음도 순간일까요?"(「순간」), "우리는 왜 꽃처럼 숲에서 질 수 없을까?"(「존엄사」). 시인은 왜 묻는가? 시인은 무엇을 묻는가? 존재와 세계는 온통 물음으로 이루어진 한 권의 책이다. 시인은 단지 그 물음을 옮겨 적을 뿐이다.

우리는 왜 누에처럼, 달팽이처럼
그렇게 먹고 살 수 없을까?
우리는 왜 새처럼 나비처럼
그렇게 살다 갈 수 없을까?
어디서 자다 나온 건지
세수 한 번 안 해도 말짱하게
창공을 건너와 지저귀는 새들
어디서 자다 나온 건지
공중 화장실 수도꼭지 열어놓고
세수하는 노숙자
어디서 자다 나온 건지 나는 가끔
간밤의 안식처를 잊어버린다.
나는 가끔 내 인생의 방향을 잊어버린다.
전화기 손에 들고 전화기를 찾듯
생의 끝에서 생을 찾는다.
우리는 왜 죽음 없이 살아갈 수 없을까?
우리는 왜 아무것도
바라는 것 없이 살 수는 없을까?
슬픔 없이 우리는 왜 존재할 수 없을까?

「슬픔이 가는 방향」

한 번 피어난 들꽃은 시들어 떨어지고, 나뭇가지에 매달린 과일은 무르익은 뒤 땅으로 떨어진다. 새에서 코끼리까지 모든 동물도 태어난 뒤 반드시 죽음을 맞는다. 사람 역시 예외적인 존재가 아니다. 한 번 태어난 사람은 반드시 죽음으로 돌아간다. 시인은 묻는다. 왜 사람은 누에나 달팽이처럼 먹고 살 수 없는가, 왜 사람은 새나 나비처럼 살다 갈 수 없는가. 누에, 달팽이, 새, 나비는 욕망을 초극한 무욕한 존재인 반면 사람은 "아무것도 바라는 것 없이 살 수는 없"다. 누에, 달팽이, 새, 나비는 죽음과 마주하고 있지만 그것에 괴로움을 느끼지 못한다. 그러나 사람은 자기 죽음을 응시하고 불가능성의 가능성으로 인식한다. 차라리 죽음은 실존에 녹아 있는 중요한 성분이다. 욕망이 그렇듯이 죽음과 슬픔이 실존의 근원 조건이라는 자각에서 "우리는 왜 죽음 없이 살아갈 수 없을까?", "슬픔 없이 우리는 왜 존재할 수 없을까?"라는 물음이 나온다. 사람은 죽음을 향하여 선 존재다. 사람은 죽음이라는 닫힌 세계에 무한히 열려 있음이다. 이 실존의 근원 조건에서 벗어나기가 불가능한 가운데 슬픔과 허무가 발생한다. 시인의 여러 시편이 슬픔과 허무에 깊이 물들어 있는 것은 죽음에 대한 투명한 응시에서 비롯된 것이다.

4.

앞서 살펴봤듯이 김재진 시는 죽음에 대한 사유를 이끌고 깊어지는데, 시인에게 죽음은 종종 삶의 의미를 가리키는 나침반이다. 죽음은 삶이 제 가장 깊은 곳에 품은 씨앗이다. 이를테면 그것은 과육 속에 숨은 씨앗이다. 뇌사가 오기 전까지, 심근경색이 닥치기 전까지 우리는 '삶'이라는 이름의 '죽음의 춤'을 춘다. 그게 사는 것이다. 많은 사람이 죽음을 품고, 죽음 저 너머를 내다보며 산다. 죽음에 대한 선험적 인식을 갖고 있다는 뜻이다. 사람은 죽음을 도약대로 삼아 힘껏 멀리 나아간다. 반면 죽음을 도무지 모르는 동물의 세계에서는 그런 도약은 애초에 불가능하다. 동물은 죽음을 죽음으로 인지하지 못한 채 사라진다. 사람이건 동물이건 죽음의 불가피성에 무릎을 꿇는 건 마찬가지지만, 사람이 죽는 데 반해 죽음에 대한 한 조각의 선험적 인식이 없는 동물은 어느 날 갑자기 자취 없이 사라진다. 동물은 그것이 생명에 대한 모독이고 지독한 폭력이라는 사실조차도 모른 채 죽음을 피동적으로 수납한다. 죽음은 늘 우리의 바깥에서 일어나는 실존 사건이다. 죽음의 외재성 때문에, 인간 개체는 죽음을 향하여 있는 존재이면서도 그것에서 소외된다. 죽음은 우리 내면 의지의 바깥에서 미끄러져 나가는 까닭에 우리가 의지를 갖고 세계를 꾸리는 동안 죽음이 삶의 안쪽으로 스미는 경우란 없다. 우리가 사는 동안 죽음과 직접 대면하는 일은 일어나지 않는다. 죽음은 읽지 않은 책이다. 그것은 한 번도 펼쳐진 않은 아주 무겁고 두꺼운 책이다. 따라서 그 책에 무엇이 적혀 있는지 알 수가 없다. 독서의 불가능성 때문에 이 책은 누구도 풀지 못한 불가사의한 수수께끼로 남는다. "속 보이는 것들은 그렇다 치고/죽음의 속을 알 수 없다."(「내시경」) 따라서 죽음이 삶의 내부로 침입할 때조차 우리는 속수무책이다. 어느 날 죽음이 찾아오면 우리는 "울지도 않고/다음 생의 문을 향해 미끄러져"(「안녕」)가야 한다.

엄마의 세계가 사라지고 있다.
골목길이 사라지고
숟가락이 사라지고
마침내 자식들이 사라졌다.

꽃은 여전히 화분에 담겨 미소 짓고 있는데
한 사람의 생이
지우개도 없이 지워지고 있다.

「지우개」

사람이 직접 경험할 수 없다는 점에서 죽음은 영원한 비밀이고 화두로 남는다. 그것이 늘 간접적인 것인 한에서 죽음은 추상과 관념에서 벗어나기가 어렵다. 우리의 실존은 죽음에 저항하고 그것을 부정하는 지평에서 이루어진다. 산 자는 마치 죽음이라는 게 없는 듯 말하고 행동한다. 그러나 어느 날 예고없이 닥치는 죽음은 한 사람의 생을 지운다. 죽은 자가 사라지는 게 아니라 그가 살았던 세계가 사라진다. 죽은 자를 둘러싼 세계가 모두 사라진 뒤 욕망의 발화점이자 자아의 거푸집인 몸이 사라지면서 주체는 무無로 돌아간다. 죽음은 무라는 심연으로 돌아가는 일이다. 죽음으로써 타자와 더불어 세계형성에 참여하는 일을 더 이상은 할 수가 없다. "한 사람의 생이/지우개도 없이 지워지고 있다"는 구절은 죽음이 무를 향한 도정道程이고, 기억과 인연의 덧없는 소실을 초래하는 한계경험이라는 사실을 드러낸다.

병들어 죽을 때가 된 늑대는
무리를 떠나 숲으로 간다.
병들어 날아갈 수 없는 새들은
나뭇가지를 떠나 바닥으로 내려온다.
그때가 오기만을 기다리는 노인들이
낡은 몸뚱이 뉘어둔 침대 하나

우리는 왜 꽃처럼 숲에서 질 수 없을까?

「존엄사」

죽음의 중력 속에서 사는 내내 그것이 삶을 의미화하는 근본 조건이라는 점에서 죽음은 삶의 바탕이다. 사람은 삶의 테두리에 광휘를 두르는 조건으로서의 죽음을 살아낸다. 하지만 가금류와 같은 동물은 삶과 죽음에 아무런 경계가 없는, 무와 텅 빈 부재로 이것을 견뎌내는 일이 있을 따름이다. 그러나 자연에서 일어나는 죽음은 그 결이 다르다. 늑대나 새에게 죽음은 자연에서 나와 자연으로 돌아가는 순환의 한 방식이다. 자연에서의 죽음은 가장 깨끗한 방식으로 처리된다. 불가능성의 가능성으로 죽음과 맞서는 사람에게 죽음은 익숙해질 수 없는 경험이다. 사람에게 죽음은 삶과 격리되어야 할 비위생적인 것, 생경하고 끔찍한 것, 두려움과 불안을 초래하는 대상이다. 사람은 "꽃처럼 숲에서 질 수 없"기 때문이다. 한사코 꽃처럼 지기를 거부한 채 쇠약해진 인간을 죽음은 삼켜버린다. 죽음은 짧고 야비하고 비참한 생을 붙들고 늘어지는데, 사람은 삶에 애착을 갖고 그것과 싸우느라 '존엄사'의 기회를 날린다. "우리는 왜 꽃처럼 숲에서 질 수 없을까?" 같은 구절에는 곧 꽃처럼 자기 존엄을 지키며 맞는 자연의 죽음에 대한 갈망이 스며 있다.

5.

김재진은 육친의 죽음에서 오는 무력감과 슬픔에도 불구하고 그 내면 감정을 통해 삶 전체를 그윽하게 응시하며 관조한다. 그 관조의 시선이 가 닿는 지점은 늘 부재의 자리다. 부재의 자리에는 슬픔이 들끓는다. "슬픔은 잘못된 성소聖所다."(「귀의처」) 살아 있다는 것은 "꽃 피는 행성의 행복한 날"(「경청 2」) 속에 있다는 뜻이다. 우리는 살면서 나이를 먹고, 나이와 함께 경험의 두께를 늘리면서 우리보다 먼저 태어난 사람의 죽음을 겪어낸다. 더러는 우리보다 늦게 태어난 사람의 죽음을 겪기도 한다. 그렇게 "나이가 든다는 것은 보고 싶은 사람보다/볼 수 없는 사람이 많아지는 것이다."(「나이」) 사람은 죽음을 향하여 있는 존재지만 살아 있는 동안 그 삶의 눈부심을 살아내야만 한다.

애썼다.
봄이 오면 나무들에게 그렇게 말해야지.
애썼다.
꽃이 피면 꽃들에게 그렇게 말해야지.
고맙다. 사느라 얼마나 힘들었니.
얼마나 힘들었으면 날 버리고 갔겠니.
애썼다. 수고했다.
세상 떠나는 날
찾아오는 사람들에게 그렇게 말해야지.

「산다고 애쓰는 사람에게」

겨울을 견디고 봄을 맞는 나무도, 꽃을 피우는 나무도, 다 수고한다. 시인은 살아 있느라 수고한 모든 것들에게 "사느라 얼마나 힘들었니"라거나 "애썼다. 수고했다"라고 위로의 말을 건넨다. 사는 것이 수고와 연루되는 한에서 존재한다는 것과 수고한다는 것은 늘 등치等値 관계에 있다. 철학자 에마뉘엘 레비나스는 "노동과 수고는 어떤 연루됨engagement을, 그 안에 노동과 수고가 벌써 자리잡고 있는 그런 어떤 연루됨을 전제로 한다"라고 한다. 수고는 "언도된 형벌"이고, 그것은 "피로에서 나오며 피로 위로 곤두박질"친다. 우리는 수고를 피로를 불러오는 일종의 존재적 사건으로 겪는다. "수고는 현재에 대한 지연 가운데 있는 현재의 수고이다."[3] 죽음은 삶의 영광과 의미를 잔혹하게 무화시킨다는 점에서 죽음은 삶에 던지는 더할 수 없는 모멸이고 경멸이다. 그렇건만 살아 있는 한 우리는 그 모멸과 경멸을 견디며 살아갈 의무를 져야만 한다. 산다는 것은 수고에 복속되는 그 무엇이 아니라 수고 그 자체다. 삶에 필연적으로 따르는 수고가 삶을 치욕과 고통의 복합체로 물들인다. 시인은 삶은 계속되어야 한다는 사실을 말한다. 살아 있다는 게 치욕과 고통의 하중을 고스란히 받는 일이라도 말이다. 두말 할 것 없이 우리 모두는 살아 있음과 죽어감의 사이에서 수고한다. 시인은 모든 살아 있는 것을 향해 "수고했다"라고 말하는데, 이 단순한 말이 독자의 내면에 커다란 메아리를 만든다. 이 메아리는 곧 삶을 향한 진정성에서 잉태되어 나온다. 김재진의 새 시집은 우리 내면을 위로하고 격려하는 크고 작은 메아리로 가득 차 있다.

장석주 시인, 문학평론가

---

3) 에마뉘엘 레비나스, 『존재에서 존재자로』, 서동욱 옮김, 민음사, 2003.